은지와
소연

우정
시집

시인의 말

소연: 모든 우정을 나누는 이들에게
은지: 바친다

추천사

황인찬

친구는 우리 삶에서 가장 정확한 거울이다.
김은지와 이소연 두 시인이 함께 발을 맞춘
이 시집에는 두 사람이 같은 시간을 공유하며
보고 듣고 느낀 것들이 담겨 있고, 그것은 마치
거울처럼 서로를 비춘다. 한 시인의 고백이 다른
시인의 내면을 보여주는 것만 같고, 때로는 두
시인의 목소리가 마치 하나인 것처럼 느껴지기도
한다. '우정 시집'이라는 말은 이 놀라운 결합에
대한 탁월한 설명이다.

시란 본디 한 사람의 내밀한 고백인 법인데,
이 시집이 보여주는 두 사람의 세계는 각각
한 사람의 내밀한 고백이면서, 두 사람이 만나
함께 경험한 시간들의 곡진한 기록이 된다. 우리
시에서 찾아보기 어려운 이 드물고 귀한 사랑과
우정의 결합물이 부디 많은 사람들에게 읽히기를
바란다. 이 시집을 읽는다면 당신 또한 은지와
소연의 친구가 될 수 있을 테니까.

에세이 　　　　　　　　　　　　　　　　 85

시

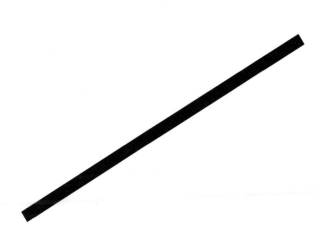

니

김은지

학교에서는 글자를 가르쳐 주었다
"내가는 내가로 쓰지만
니가는 네가라고 쓰는 거예요"

"네가요? 그건 너무 내가랑 비슷하잖아요.
내가,
네가, 똑같은데요?"

살면서 한 번도
네가를 발음해 낸 적이 없지만

그건 어쩌면
너라는 사람은 나와
완전히 다르지 않기 때문

나는 너로 인해서
내가 될 수 있기 때문인지도

학교에서 글자를 배운 이후로
하나의 질문을 품은 채로

계속 시 쓰고 싶은 사람 되었는지도

니

밑창이 두꺼운 운동화
귀마개가 달린 털모자
교과서처럼 앞머리를 반듯하게 자르고
교과서적으로는 말하지 않는 네가

좋았지 그냥 좋았지
그게 다야

오늘도 내가 다니는 동네 약국을 들렀니?
나는 버스정류장 뒤에서 복권을 샀어

이게 다야
믿을 수 있니?

고작 이런 것들로 생긴 마음이 아닐 거야

책을 펼쳐 내밀게
연필로 그은 밑줄
시상을 떠오르게 하는 회색곰의 끈기

미술관이나 낭독회 같은
쓸데없이 즐거운 그런 날
더 이상 떠들 수 없을 때까지 빗자루처럼 떠들어
댔지
그렇다고 진짜 빗자루가 된 것은 아니지

내가 갖고 싶은 것들은 다 갖고 있구나

다음엔 사물이 되어 만나자
몸이 몇 개인지
몇 번 더 죽을 수 있는지 그런 걸 모르니까

지금 무엇이 되고 싶니?
나는 논문 쓰기 싫은 이불
글자와 문장을 가만히 덮고 싶어
까무룩 든 잠 속에서

지금 출발했다는 문자가 왔다

읽기만 해도 뭔가 쓰고 싶다

이소연

쌍갈래 길, 저편 이문(里門)이 있었을 텐데
지금은 없다
사람이건 짐승이건 발 닿는 곳마다
흙냄새가 달라붙었을 텐데
지금은 없다

있다가 없는 걸 생각하는 게
내게 남은 일 같아

저 쌍갈래 길을 걸어오는 저녁이 있다면
눈이 큰 낙타를 좋아했을 거야
당나귀 그림자 매어 놓은 버드나무를 더
좋아했을 거야

초여름, 초안산에서 불어오는 바람이 서늘하다
스치기만 해도 골목이 몸을 움츠리는 것 같다

노을은 두 개의 저녁을 닦으면서 걸어온다
나는 책방에서 밖을 내다본다
작은 빗방울에도 어둠이 깨어질 것 같다

저녁은 둥근 발자국마다 빗소리를 심고
도도봉봉 뚫린 숨구멍을 내고

여기 있으면 밤과 낮이 서로 마주보고 웃는다
여기 있으면 낮에 읽다가 만 책에 밑줄을 그을
수 있다
여기 있으면 늘 줄서서 먹는 국숫집의 의자가
비어 가는 것도 볼 수 있다

아직도 책 파는 곳이 있구나
원룸에서 나온 사람들과
시장에서 돌아온 사람들이 책의 첫 페이지에
얼굴을 묻는다

읽기만 해도 뭔가 쓰고 싶다
비가 그칠까?
질문하는 그림자

나는 비를 피해
쌍갈래 책 속으로 간다

스포가 아닌 것

김은지

알고 보니 재밌더라

드디어 마지막 에피소드를 봤어
네가 그저 자극적인 걸 좋아한다고 생각했는데
다른 많은 이유로 좋아했다는 걸 알았어
오해한 거 미안해

악당들은 주로
왜 그랬는지 설명하고 싶어 하고
보통 그러다가 주인공한테 당하잖아
그래서 왜인지 설명하는 건 바보 같다고
생각했는데
이번엔 달랐어

나는 그녀와 얘길 나누려고
이걸 보기 시작했는데
그녀는 내가 마지막 편을 안 봤다고 하니까
더 말을 하지 않는 거야
스포일러를 할까 봐

상대방의 총에
남은 총알의 개수를 셀 때

인물이
괘종 소리에 맞춰
정확히 12시에 눈을 감을 때

보통은
저게 말이 돼
하고 생각했을 텐데

말이 안 되는 걸
더 많이 보고 싶었어

네가 실수로 말했던
두 가지 스포일러

나는 내가 그것을 알고 있는 관객이라는 것을
숨긴 채
　다른 관객들이 놀라는 장면을 감상했어

축하 화분

이소연

집으로 가져오지 못했다
낭독회하는 내내 그것을 곁에 두고 좋아했는데

황인찬 시인은 화분을 들이고선
너무 좋아하지 말자고 다짐했다지

나는 식물원의 온실에서
네가 준 식물의 이름을 찾는다
붉은바나나 나무와 소철나무와
황금선인장 속에서

'두고 와서 더 생각나'

너는 돌의 따스함을 좋아한다
나는 나무의 차가움을 좋아하고

무릎을 다친 네가 나를 좋아하고
무릎은 뒤로만 구부러진다
앞으로 나아가기 위해

나는 무릎을 구부리며
걷는다, 생각에도 관절이 있다는 감각
천천히 움직여 가 닿을 수 있는 게 마음이라면
네가 읽던 시집 속에 있을 것 같고

습윤밴드를 추천하며
두고 온 나의
인삼벤자민과
호접란

크고 무거운 화분
내게 올 때는
어떻게 왔더라

거기 둔다
내가 화분을 좋아하는 것처럼

저번에 사 간 약

김은지

"특히 좋은 약국 있어?"
친구네 동네에서 내가 물었다
이런 질문을 하는 내가 참 이상하다
생각하면서

마음 편히 갈 수 있는 약국이 생겼을 때
나는 이제 이 마을에 적응했다고 느끼는데
지금 동네엔 하나 있던 약국이 문을 닫았고
나는 이 도시를
다시 낯설게 느끼고 있었기 때문이다

"응. 가는 데가 있어"

왜 이런 질문을 하는지 이해한다는 듯
친구는 바로 말했다

초록 약국 약사님은
이웃 마을에 살아서 가끔만 오는 내가
배탈약을 사는데
"루테인은 한동안 안 드셔도 되겠어요"

지난번에 내가 산 약을 기억했다

루테인이란,
기억한다는 말

시를 좋아하신다는 약사님에게 친구는
"시집 나오면 드릴게요"
인사를 건넸고
"아니오, 제가 사야죠, 예스24에서"

예스24란,
진심이라는 말

시를 좋아하면
기억력이 좋아질까
기억력이 좋으면
시가 좋을까

초록이라는 단어의 뜻에도
다른 많은 뜻들이 담겨 있으리

손님들에게 짧은 문장과 함께 건네는 약은
더 정확하고
더 잘 들을 것 같다

냄새 없이 타오르는 울타리

폭염주의보 안에는
비비추가 있고
에키네시아와 수크령이
녹음도 갈아입지 않고 서 있다

버드나무는 그늘로 바쁘고
사람은 그늘을 찾느라 바쁜데

저 꽃들
꽃잎들
종일 타는 빛 아래서

손을 대면 차고 싱싱한 밤이 가득하구나
저 알 수 없는 평정심

그러면 나는 나무 밑으로 뒤뚱뒤뚱 걸어가는
오리에게
너도 그런지 묻는다

오리가 왜 뒤뚱뒤뚱 걷는지 아냐고 누군가
물었을 때
무릎이 없어서냐고 되물으며
나는 내가 싫어졌다
나를 경멸하게 하는 건
하나같이 내가 한 말

오리 무릎을 검색하다가
사람의 무릎 위에서 잠드는 오리 영상을 봤다

아무것도 묻고 싶지 않다

풀물 든 가방 위에
허접하게 끄적거리던 노트를 내려놓고
개미 떼가 지렁이 하나 끌고 가는 것을 본다

무례하다 생각이 있어서

나는 나를 건드리지 않고
혼자서도 잘 보고, 걷고, 자고, 꿈을 꾼다

기쁨과 슬픔의 알갱이

김은지

이곳은
도시의 고요를 담당하고 있습니다

체크무늬 천을 펴고 낮잠을 청하는 두 사람
또는
징검다리를 건너는 강아지가 앞발이 젖어
당황할 때
혹은
전철이 지나가면 놓치지 않고 바라보는 일이
내겐 평화입니다

거울에
뒷모습을 비춰 보는 일도
가끔 필요하듯이
군사 시설이었던 건물

기부받은 베를린 장벽
수송용 탱크
이런 것들은 좀 더 정확한 용어로 기억하려
합니다

사방이 산으로 둘러싸인
이렇게 너른 공원이
여기 있답니다

처음 만났을 때도 좋았지만
두 번 만났을 때 더 좋은 사람처럼
묘목이었던 나무의 잎은 이제 풍성하게 그늘을
드리우고

오래 알고 지낸 사람의 나만 아는 버릇처럼
안쪽 축구장의 경기 내용이 궁금한

하나의 걱정이 다른 걱정으로부터
나를 보호하고 있다는 상상
나는 착한 사람들의 배려에 열심히 트집을
잡고요

그리고 얼굴이 마주쳤을 때
환하게 웃는
당신에게

작은 기쁨이 나를 보호하고 있군요
일부러 울퉁불퉁한 숲길로 걷는 일이
내겐 평화입니다

평화가 탱크처럼

안 가 본 곳이 많다
서진이 네 살 땐가 창포원에는 와 봤는데
조마조마 아이 걸음만 쫓았지
한 발자국 떨어진 곳에서 우리 평화였을까

잘 통하는 친구와 함께
천구백칠십년대의 대전차 방호시설 앞에 선다
무너진 시민아파트 옆으론 아파트가 이렇게나
많고
시민이 막아 내야만 하는 것들은 여전하지

포를 겨누던 곳으로 풍경을 본다
여름 잎사귀들 여름 발자국들 끝없이 열려
있는 여름의 내부들
그 투명한 적진의 풍경

어제 싸운 친구에게 빌린 참고서처럼
베를린 장벽이 세 개씩이나 서 있으니
여기를 독일이라고 불러 볼까
독일과 도봉구가 전쟁과 평화처럼 가깝다

그냥, 커피 한잔 하는 곳이라고 불러도 될까

이곳에서 활동한다는 예술가
언제 한번 꼭 들르겠다 했는데
오늘 있으려나
'쓰레기 영웅'이라 적힌 문을 두드린다

관리자가 청소차를 끌다 말고
"쓰레기 영웅 오늘 쉬어요"

다시 들으면 다르게 들린다
영웅에게 휴일이 있다는 게
아주 악한 세계는 아니라는 말 같아

　오늘 해야 할 일과 내일 해야 할 일을 잘
구분하면 좋겠지만
　그런 것은 별로 중요하지도 않지

콸콸 쏟아지는 것은 비가 아닌 빛

평화가 탱크처럼 멈춰 선다

그리고 있는 포도

김은지

책방을 하루 지켜 주면서 그림을 그렸다
포도가 앞에 있었기 때문에 포도를 그렸다

그림 도구가 어떤 효과를 내는지 몰라
한 알씩 그려 보았다

원도 아니고 타원도 아니게

타원보다는 원에 가깝지만 도톰한 느낌으로

포도는 보라라고 생각했지만
대부분 검고,
남빛이고

나는 그림 잘 모르지만
엉뚱한 회색을 옅게 칠하고 보라색 점을
찍었다

눈앞의 포도와는 다르고
누가 봐도 포도 같은 알들

느리게 채워졌다

포도알보다 탐스러운 저 연둣빛 가지를
그림 속에 담아낼 색은 없을 거야

나는 몇 년 만에 그림을 그리면서
진지한 고민에 빠졌고

그리고 있는 포도를 한 알
먹었다

가지 꼭지를 그리기 위해서는
인디언 핑크와
녹색과
여러 색의 혼합이 필요했고

여백도 주고 덧칠도 했다

짙은 색 속에서도
포도 가지와 포도알이 구분되기를 바라며

초록약국

이소연

서둘러 아픈 사람들이 초록 약국에 갑니다
오늘도 내일도 어제도 처방전이 붐빕니다
아이는 타요 비타민을 좋아하고
나는 링거 꽂고 와서 철분제와 영양제를
삽니다

어쩌다 아프면 가는 곳이 약국이지만

약사님은 시를 읽는 사람,
환자의 첫 시집을 읽습니다

시집을 펼치는 손이
약을 짓는 손이라서
'알약들의 왈츠'란 시를 읽었을까 궁금합니다

감기와 장염과 알레르기 다래끼 치질
읽고 있는 시인의 질병을 다 기억하진 않겠죠?

어느 틈에 시집을 읽을까 외로워지다가
'새 시집이 나오면 가져다 드려야지'

시집에 사인을 하다 보니
저는 어제부터 아플 작정을 한 것 같아요

혈압약을 두어 달 치 타 가는 사람이 있어
평소보다 오래 기다립니다

간신히 그림자를 추스르고 들른 약국에서
기분만 좋아져 돌아갑니다

언제인가 새벽부터 일어나 햅쌀로 밥을 지었고
그건 약을 먹기 위해서였습니다

옆 단지 세탁소

김은지

새벽에는
플레이스토어에서
소음측정기를 다운 받았다

20데시벨
나뭇잎 스치는 소리

30데시벨
속삭이는 소리

나뭇잎이 스치나
누가 속삭이나
궁금함은 어떻게 멈추는지

손가락으로 허공을 누른다

잘 지냈어요

이 질문만
존댓말로 물어보시는 선배

많은 일들이 일어났고
무엇을 먼저 말해야 할지 모르지만

잘 지냈어요
잘

오라클 이비인후과가 텅 비어 있었고

봄 코트는
다음 주 화요일이 지나고 찾으러 오래요

새벽엔 소음측정기를 다운 받았고요
데시벨을 알려 주는 문장은 모두 시 같았어요

손가락으로 나뭇잎을 속삭임을 누른다

침대에 누워서 웹툰만 보다가 밥
먹으러 가는 길

이소연

정의공주묘는 사천 목씨 재실에 가깝고
연산군묘는 원당 샘과 가깝다
걸으며 생각한다
생각에는 생각뿐이 없군

임금이 두려워하는 것은 역사뿐이 없다 말한
사람은 연산군
말에는 말뿐이 없네

2차선 도로가 서로를 갈라놓았지만
건널목을 건너면 조용히 손을 잡을 수도 있다
아니 내가 왜 이러나
정의공주랑 연산군이랑 그런 사이 아니야

요즘 웹툰에 빠져서
장르는 로맨스

어제는 심지가 짧은 초에 불을 붙이며
촛불을 만져 보고 싶어 하던 때를 떠올렸고

말하고 싶은 걸 꾹 참았다

정의공주 묘 앞에서
휴대폰 인증번호를 누르며
아까 들은 말을 생각한다

어제 만난 사람과 그제 만난 사람이 서로
사귀는 사이라는 걸
  오늘 만난 사람에게서 듣는 건
  우리가 친구라는 뜻일까?

지겹도록 요구되는 비밀번호 찾기
인증번호를 아무에게도 보여 주지 마세요
아무에게도 보여 주지 않으면
사랑은 어떻게 시작되나

발설하는 법을 배우며
엎질러진 물을 넘어서는 것들
"개랑 쟤가 사귄대"
담장 너머로 보이는 식물의 이름이 궁금한
것처럼

잊으면 좋을 것들과
잊으면 안 되는 것들

"비밀이라는 걸 잊지 않아야 비밀을 지킬 수 있어"
입 안으로 혀를 돌돌 말기 시작하는 식물처럼

사람들은 나를 믿지 않는 것 같고
나는 내가 들은 말을 양지바른 곳에 잘 파묻고 싶다

십일월의 묘는 오월의 묘보다 아름다울 수 있나
오그라든 것들 더는 오그라들지 않는
십일월은 말끝마다 차다
입술이 갈라진다
해가 빨리 진다
게으름이 추위에 벌벌 떤다

팥죽을 밀어 넣을까
국물을 밀어 넣을까

호주머니에서 손을 빼기 싫었다

보관하는 마음

김은지

젠더는 수장고에 들어갔다
커다란 기계가 큰 소리를 내고 있었다
습도와 온도를 유지하는 기계였다

젠더는 회색 파일에 보관된 한 장의 편지를 볼
수 있었다
옥중에서 보낸 편지 속
글씨는 점점 작아지고 있었고
더 많은 말을 담지 못하는 종이는
여백이 없었다

그 고통에도 내주지 않은 무언가

명산이 보이는 데크에서 젠더는
식당 간판을 오래 바라보았다

낡지 않았으면 하는 것
그래서 낡지 않는 것
낡지 않았으면 하는 것
그래서 낡지 않는 것

38

젠더에겐
더 많은 말을 담지 못하는 종이와
커다랗고 큰 소리를 내는
기계가 있었다

생활

이소연

김근태기념도서관으로 출근한다
기념할 일은 많지만
내 이름을 걸고 기념할 일이 있을까
밤에 깨어 있던 사람아
어떻게 밤과 낮을 바꿨니?
햇빛도 보고
바람도 만지고
가끔 도봉산 입구 가까이 있는 두부를 사
먹는다
끼니에 집착한다
나보다 나에게 더 집착하는 생활
생리통에 시달릴 때에도 시를 생각한다
썩어 빠진 나와
할 말도 다 못 하는 나와
길거리에서 투쟁의 시를 읊는다
세상은 여전히 험하고
나는 김근태기념도서관에서 나쁜 말은 한 번도
안 했지
인권이란 말은 그런 힘이 있다
시 쓰는 친구들과 모여

술 마시고 잡담하고
배가 부르다
여기, 작가의 방이 있어서
시를 써야 할 것만 같다

시를 버리고 또 시를 쓴다
이것이 나의 생활이다

사과를 사러 갔다

김은지

소금을 사러 동네 마트에 갔다
상품을 깔끔하게 진열해 주는 동네 마트가
늘 고마웠는데

이 사과가 훨씬 맛있어요
전 그냥 주스 만들어 먹을 거라서
그럼 이 사과가 낫지

점원 두 분이 너무 진지하게 고민하셔서
두 분이 결정하신 사과를 샀다

마스크를 잠깐 벗으면
봄 냄새에 놀라
깊이 숨 마시게 되고
그렇지만
동네 마트 정도만 다녀와야 하다니

막 피기 시작한 목련을 비추는 볕에도
고독
이 있었음을 알겠네

가지런히 진열해 주신 것이

단단한 하루

임을 알겠네

도봉산 입구에 있는 김근태기념도서관
상주작가가 점심을 혼자 먹고 돌아온 날
옥상에서 눈 감고 쓴 시

이소연

산꼭대기 위로 날아가는 헬기를 봤다
도봉산 입구에 있었던 것은 두붓집이고
도봉산 입구에 없었던 것은 김근태기념도서관
있었던 것과 없었던 것들이 자리를 바꾸거나
전통을 바꾸거나
산을 바꾸거나

붐비는 모자와 등산화들
누가 동선과 소비심리에 대해 말한다
선물 가게를 지나야 출구라고
통유리 반짝이는 등산복 매장 어쩌다 여기 와
있는지
손님 하나 들지 않는데
등산 좋아하는 친구가 말한 등산복이 이거구나
산을 오르려면 돈이 좀 있어야겠지만
안전을 보장하는 것들은 비싸고
나는 아침잠을 털어 내기 힘들다

한바탕 사람들이 올라가고 있다
숨이 차는 길마다 산이 놓아둔 숨이 있겠지
함께 가고픈 마음을 놓고
잠시 눈을 감았다 뜬다

도봉산 입구에 세워진 이매창과 유희경의 시비
누가 저 시비 앞에서 다 지난 사랑을 떠올리나
그리운 마음은 조금도 낡지가 않네

벤치에 그려져 있는 장기판 옆에
쪼그리고 앉은 사람과 서서 지켜보는 사람들
훈수 없이 안경 속을 구르는 새옹지마

대뜸 생각나는 한자성어 두 개를 말했을 때
온고지신
새옹지마

친구는 웃으며
앞에 것은 인생
뒤에 것은 연애라고 했다
재미로 점을 치는 날엔
미래가 이런 거라면
끝까지 가 보고 싶다

봄빛 가고 초여름이 오니까
사람 냄새, 번데기 냄새, 막걸리 냄새
맡아보지 않는 냄새들이 몸에 달라붙는다

먹구름이 지나가고 있다
빗소리로 땅을 내딛는 도봉산, 한쪽 어깨가
젖었다
고작 몇 발자국 떼면 가닿을 것 같은데
얼굴 한 번 보려면 뒤꿈치가 까지고
별다른 것이 없는 돌과 풀벌레의 곁
나무는 자꾸 피를 떨어트린다
그 피, 자세히 보면 푸른 쐐기
나는 그 목숨을 왜 피라고 불렀을까
푸른 낯빛 가진 것들 지워지고
다시 돋는다
아무도 도봉산의 얼굴을 모른다

야경 시작

김은지

왜 이렇게 잘해 주세요?

나보다 꼭 열 살 많은 선배에게
내가 물으면서도 조금 그렇다고 생각했던 질문

뭐든 할 수 있는 시간이거든, 십 년은
내가 너를 보면,

뭉텅뭉텅 시간이 지났고
선배와 지인들과
후암동 수제버거 가게에 왔다

나의 관심과 사람들의 관심이 섞인
웨이팅 16은
구름의 속도로 흘렀다

십자 긋기로 그리는 화가
살구색 작품
전시 부스 뒤편을 빼꼼 확인하는 사람을
귀엽다고 느꼈는데

다음 사람이 또 그러고
소스 통이 달린 샐러드 컨테이너를 따라 사고
저렇게 험하게 주차하면
사실 치지 않아도 저건 저 사람 잘못이야
비 냄새
스페인에서 산 샌들과
휴대폰의 새로운 촬영 기능

수제 버거가 진짜 맛있어요

안 좋아하는 음식이 처음으로 괜찮게 느껴지는
순간
고개를 돌리면
야경을 시작한 도시

왜 이렇게 잘해 주세요

둘리, 둘리

이소연

자다가 일어나면 꼭 엄마가 없더라
울면서 돌아다녔지
"아줌마, 여기 우리 엄마 없어요?"
앞집 옆집 가서 물어봐도 없는데
지나가는 고양이도 모르고 경운기도 모르는데

좋아하는 것을 감추기 위해
당분간 지구 바깥으로 돌아가지 않을 거야

베란다에 놓은 빈 화분은 UFO

엄마는 꼭 간장이나 미원 같은 걸 들고
나타난다

다음에 나오는 그늘에서 물을 마셔야지

김은지

마음 덜 쓰기
를 연습하라고 해서
메밀을 잘하는 집에서 칼국수를 주문했다
세 번 정도의 저항이 있었지만 시켰고
칼국수는 맛이 없었다
옆의 분의 성함 여쭤볼 타이밍을 놓쳤어도
어떤 방식의 삼겹살 굽기를 선호하는지는
물어보았다

마취제를 맞은 집사람은 잘 쉬고 있는지
마음 덜 쓰기
를 연습하라고 해서 나는
소화제를 먹고
집에 가고 싶을 때 집에 간다

어떤 동네에 가로등이 별로 없는 이유

한옥도서관은 누구 덕분에 생겼는지 몰라도
우리가 잘 쓰고 있다
내가 만들어 가는 세계도

내가 모르는 사람에게 행운이 될까

미래未來는 아직 안 왔다는 뜻
이 길을 걸어갈 것을 상상하지 못했듯이
내년 여름에 내가 무슨 일을 할지
상상할 수 없다

이사 갈 집은
택시 잡기 수월한 곳이었으면

호박잎을 닮은 거대한 잎의 나무

스마트렌즈도
모르는 나무가 있다

걸었다

이소연

08번 마을버스 종점도 있고
무수하게 나뉜 텃밭들이 있다는데
도봉구청 홈페이지 설명을 보며
여기쯤인가 저기쯤인가 기웃거린다
너무 오래된 이야기를 믿으려고 했나

선배 시인은 여기서 아름다운 시 한 편을
썼는데
개울 건너엔 몇 기의 잘 가꿔진 무덤이 있어서
저편에서 이편을 바라보는
생애를 생각할 수 있었다는데*

내가 바라본 무수골은
지명의 유래를 새긴 비석 하나
잊힐 것이 많아서 좋을 그곳은 어디지?
가을 메뚜기를 볼 수 있는 논은?
발을 씻고 싶다

다음에 가야지

* 문동만 시인의 「무수골에서」 부분을 빌려옴

집에 기다리는 아이가 있어 돌아 나온다
새로 생긴 캠핑장 앞을 지나며
무수하게 많은 생각을 쓸어 가는 바람
바람만은 내가 찾던 그 바람이 맞을 거야

옛 건물에서 옛 백반을 파는 집이 아름다워
팔월의 마지막 햇빛 속에서 나는
침묵으로 졸여져 가는 물소리로 눈을 씻는다

아무리 가 보려고 해도 나타나지 않아서
아직 그곳을 믿을 수 있다

가을 같은 폐기

김은지

지인이 제작한 공연을 보러 갔어

엘리베이터에서 내릴 때도
표를 확인할 때도
입장할 때도
이마에 열 체크를 했지

병원에서도 이렇게는 안 했던 거 같아
누가 말했고

코로나 시기인 만큼
많은 동의서를 작성하라고 하더라

공연을 보러 왔으니까
나는 평소에는 절대로 알려 주지 않을 정보도
기입했어

정말로
그즈음 엄마 수술하실 때
내가 유일하게 허락된 보호자였는데도

이렇게 많이는 쓰지 않았던 것 같아

나중에 지인이 말하길
기관 담당자는 그 서류들을
거두어 가지도 않았다는 거야

공연이 잘
끝났으니까

거두어 갈 필요가 없겠다 싶으면서도

미래를 모르니까
받아 두어야 하는 약속들이 있겠지
싶으면서도

극은 참 좋았지
연기자와 관객의 자리가
계속해서 섞이고 바뀌고

정말이지 가길 잘했어

그렇지만
그 동의서들은 모두 누가
그 약속들은 모두 누가

어떻게 버렸을까

가을이
올해 작성된 모든 서류를 폐기하듯이
해당되는 잎들을 열매를
일괄 떨어뜨리네

너의 문을 열면

이소연

이제 너의 문들이
왜 하필 책상과 의자가 되지 않고 문이 되었는지
말해 줄게
그 맑은 잎사귀를 떨어뜨리고
하필이면 그토록 외로운 문이 되었는지를
문이 문으로 있는 동안에도 햇빛과 바람을
일으키고
문장이지만 문장이 아닌 순간을 함께했다
열리지 않는 순간으로부터 충만한 삶을 살았던

너의 문을 열면

나뭇결 선명한 곳에 가만히 귀를 대 보는 사람이
있을 거야
오래전 잎이 무성한 나무를 깎아 문을 만들어 놓고
손잡이를 가지러 간 사람이
이제야 나타난 사람이
있을 거야

앙증맞은 발가락을 달고 걷다가
부르튼 발로 돌아온 사람이 있을 거야

오천 년 전 내린 눈 속에서
기어이 찾아낸 손잡이가 있을 거야

하염없는 너의 문을 열면

아주 작게 부르던 문이 열리면

다시 문을 열 때까지
너를 기다리던 사람이 있을 거야

이미 믿고 있는 것을 믿는 사람이 있을 거야

열어 주지 않아도 스스로 열리는 문처럼
배시시 웃으며 서 있을 거야
사랑하는 버릇이 들린 채로

너의 문을 열면
네가 꿈 속에서 본 그 나무가 온전히 되살아나
있을 거야
너의 가을과 너의 붉은 볼 짧은 머리카락까지
모조리 기억하는
내가

너를 기다리고 있을 거야

마을에 온다

김은지

아는 사람이 말했다
한옥 도서관이 생긴대, 같이 가 보자

다른 날 다른 아는 사람이 말했다
한옥 도서관이 생긴대, 같이 가 보자

그리고 또 다른 아는 사람이 내 친구에게
말했다
한옥 도서관 생긴다는 얘길 들었어?

어떤 것은 이렇게 온다

방학에 사촌이 온다는 소식처럼
좋아하는 밴드가 오는 축제처럼
가을에 은행나무가 노란 빛을 켜는 것처럼

지난해에 이어서
신중년 시 쓰기 강좌를
막 개관하는 한옥 도서관에서 하게 되었다

어떤 사람은 이렇게 온다

보고 싶은 얼굴 보려고
새로운 시를 쓰려고
하나의 문을 여는 열쇠를 찾으려고

용인에서
일산에서
그리고 도봉구에서
다박다박 걸어서 온다

여기서부터 지구불시착

이소연

내가 좋아하는 사람들이 무심하게 와서
생각 없이 시를 쓰거나 책을 읽는다
땅 밑에 씨앗이 있는 것처럼

지정되지 않은 곳에서
나무는 자란다

날씨의 좋고 나쁨보다
날씨를 살아 내는 마음
천장에 물이 새는 순간에도
새로운 다짐을 할 수 있다

자전거를 타고 오다
중랑천에서 물오리를 봤어
잉어 떼가 새카맣게 몰려다녔어

여기서부터 지구불시착
작은 창으로 건너편 피자집과 탁구용품판매소
간판이 훤하고
사거리에서 들리는 접촉사고 실랑이

눈앞에 말하는 나무가 보이고
무엇이든 잘 듣는 벽이 보이고

죽은 새가 깃털을 놓는 걸 봤다고 하면
당신은 믿을까

여름의 창문은 왜 닫혀 있을까
여름인데

해가 넘어가는 의자에 앉아
끝까지 서늘해질래
밤 11시가 넘어서까지
집으로 돌아갈 생각이 없다 시가 써질 때까지
감탄에 빠질 그 무엇을 기다리는 중

어쩌자고,
지구에 들어와 살게 되었을까

나는 일주일에 한 번 지구불시착에 간다

흐트러진 글자와 마음이
내겐 질서야
시를 깨우면 너는 점점 멀어지고
풀밭에서 엉키는 풀벌레 소리

새로 산 노란 샌들 틈으로 옮아온다

죽치고 있어도 나무라지 않는
여기서부터

예감 같은 걸 할 때마다

김은지

수박을 사서 집으로 오는 길에
상상했다

만약 수박을 떨어뜨리면 어떻게 될까

신발을 벗고 부엌으로 가려는데 그만

쩍

"그런 생각을 하면 안 돼 진짜로
일어나더라고."

숙모가 말했다

난 한 번도
액정이 깨진 적이 없어
라고 말한 날
엘리베이터 앞에서 휴대폰을 떨어뜨렸다

일어나더라고

어떤 말을 하면

나 때문인가 싶기 직전에
쩍

나는 딱 한 번 수박을 떨어뜨렸고
수박은 잘 익었고
아마 우유 넣고 꿀 얼음 넣어 화채를 해 먹었을
것이다

사유의 사유는

이소연

착한 일을 하면 착한 사람에게 들키고 싶어
무구한 아이 앞에서만 말하는 고양이처럼

고양이는 고양이에게
새는 새에게
사람은 사람에게
책은 책에게
크게 들키진 않고
소심하게

'요정과 구두장이' 그림책을 펼치면
  구두장이를 위해 몰래 구두를 만들어 놓은
요정들

마음은 가슴속에 있는데 왜 자주 들킬까요?

도둑들은 작은 금덩이와 돈을 훔쳤지만
나는 지혜를 훔치고 싶진 않은데요
사유는 활어처럼
싱싱한 비늘 냄새가 나고

딱딱하고 시원해요

폭염주의보가 내리는 동안
개가 제 목줄을 쥔 사람을 끌고 갑니다
서점은 불을 켜지 않아도 읽는 일을
시작합니다

그림책은 햇볕을 좋아하고
잭이 심은 콩나무는 오랫동안 펼치지 못한 책
속에도 잘 자라고 있습니다

아는 사람이었다

김은지

어, 내가 아는 사람이었네

어릴 때
다이어리에 필사했던 시,
그 시를 쓴 사람의 집이었다

어떤 상황 속에서도 믿을 수 있는 사람을
가졌냐는 질문 앞에 서서
지금의 나는
'너무 도달하기 힘든 목표야'
라고 말했고
내 옆의 친구는
'그건 바로 나지'라고 말했다

어떤 상황 속에서도 믿을 수 있는 사람을 가진
사람은 내가 되었네

보리수 아래 서면
좀 더 나은 사람됨

선인장을 기르면
고난을 이겨 내는 의지가 생김

동네에 기념하는 집이 있으면
내가 그 훌륭한 사람이 되겠다고,
결심할 수 있게 되는 걸까

'그건 바로 나지'라는 말을 들은 이상
나도 그런 사람 되는 수밖에 없고
보리수 아래 자주 서기로 하고
화분이 큰 선인장을 사기로 한다

고드름

감자와 당근을 실은 트럭이 꽝꽝나무를 지난다

변화가 필요해

바위 위에 눈사람을 세워 두고
조금만 더 이러고 있자

하나의 물방울이 멈추는 동안
펼쳐 보고 싶다

무얼 쥐고 있니?

규조토 칫솔꽂이

김은지

참
많은 것들이
필요하지
그냥

그냥 있고 싶을 뿐인데

햇빛에 따라 자리를 옮기는 나무
걷는 야자수
뿌리를 다리라고
불러야 할 것 같아

많은 것들이
필요하지
그냥

그냥 있을 뿐인데

포크를 떨어뜨리고 주울 때
그대는 마침

아주 잠시
마음을 풀어놓을 겸

조심스러움을 끄고
벽에 몸도 기대고
한숨도 거칠게 내쉬었다

그래도 된다면
걱정 없이 좀 부딪히고
쓸모없는 것은 부수고, 던지고, 찢고
해가 되지 않는 선에서 소리
질러도 되는
허용된 공간이 있다면

물장구칠 텐데
귓가에 물소리 한참
듣고 있을 텐데

하지만 너무 좁은 곳에 너무 많은 것들이
기대고 있다
너무 낮은 곳에 너무 많은 선 연결되어 있고

우연히 넘어지는 것쯤은
아무 일도 일어나지 않는단다

켜지 마시오

홀닥트
꼭 휴지 챙겨가세요!!

나무가 움직인다
뿌리를 하나씩 새로 뻗어 가면서
허용이 없을 때
식물이 동물한다

뿌리를 움직이는 힘으로

규조토 칫솔꽂이를 샀고
어디에 둘지 생각하고 있다

서로 일기

문구점에서 산 스티커 팩에서 가장 작고
빛나는 스티커

누가 물어봐 줘야 알게 되는 마음이 있을까

은지와 소연은 너무 흔한 이름이지만
스티커를 떼어서 붙일 때
비로소 발생하는 기분처럼

어디에 두어도 어색하지 않은 단어처럼
의지가 있다

나라면
종이에 유채
일을 마무리하고 따뜻한 물에 오래 샤워를
하고 싶고

너라면
캔버스에 유채
잔디밭에 누워 볕을 쐬고 싶고

우리라면
회벽에 유채
단골 카페에 갔다가 모르는 카페에 가고
싶지만
유채처럼 어울리고 유채처럼 달라지는 빛의
모양

어디에 붙일까?
나는 이런 게 재밌더라
어제 너는 너의 낯섦은 나의 낯섦을 읽고
나는 걸리버 여행기를 읽었지만
우리 둘 다 발굴이라는 단어를 쓰고 싶어 했던 거

오래된 경첩이나 깨진 접시가 나올 것만 같은
단어는
땅에 가까워서, 땅에서 멀게 느껴지고

*이끌리는 단어 세 가지를 고르시오

구두 운동화 면봉과 이쑤시개
왠지 모를 토끼. 빤히 보이는 곰, 헬멧을 쓴
로마글자, 헬멧을 쓴 예감과 약속 시간에 일어난
"나야?" (항상 늦는 건 너였잖아.)

그럼 계속 단어를 고르시오.

심플한 단어들이 필요해.
투고 청탁 비밀 공유 나쁜 놈
그리고 그는 안전한 곳이 필요하다고 했다.
투고 청탁 비밀 공유
추상 구체

네가 선택하는 세 개
내가 선택하는 세계

프리지아, 고슴도치 표정의 번역, 앞머리

네가 선택하는 세계
내가 선택하는 세 개

에세이

간격

이소연

어제는 풍경 사진의 거장 마이클 케나의 사진전을 보러 갔다. 그의 사진을 처음 본 건 대학 시절 사진학과 친구의 싸이월드 미니홈페이지에서였다. 컴퓨터 화면 속에 든 나무 사진을 넋 놓고 바라보다 나직하게 읊조렸다. "시 써야지…" 그래 놓고 아직 쓰지 못했다. 시 한 편을 써보려고 끙끙 앓다가 말았다.

설원에 서 있는 네 그루의 나무 사진을 찾아 들여다보는데 그때의 감정이 되살아났다. '나무와 나무 사이의 간격 때문에 눈물이 날 수도 있구나…' 같은 시기에 일정한 간격을 두고 심어져 함께 자라난 엇비슷한 높이의 나무들이 숙명처럼 서 있는 걸 보고 있는데, 나무가 머금은 시간이 가슴을 밀고 사정없이 들이쳤다. 그제야, 비로소 존재와 존재 사이의 극명하고 본질적인 간격을 체험한 것 같았다. 주말마다 강화도에 농사를 지으러 가는 친구 진은 서정적인 감흥에 빠진 나를 건져 올리려는 듯 오가피나무는 1미터 간격으로 엄나무는 6미터 간격으로 심어야 한다고 했지만, 피식 웃음이 새고 그래서 더 오랫동안 간격에 대해 생

86

각했다.

은지와 나 사이의 간격은 얼마큼일까? 30년 넘게 모르고 살다가 시인이 되어 만났는데 그렇게 먼 간격을 두고도 땅속에서 뿌리가 만나듯 마음이 만나고 하늘에서 가지가 만나듯 똑같이 시인의 꿈을 꾸었을까?

나는 은지와 공간도 나눌 수 있고 음식을 나눌 수도 감각과 사유를 나눠 가질 수도 있지만, 시를 쓸 때만큼은 떨어져 있었다. 그렇다면 시를 우리의 간격이라고 해도 될까?

지금처럼 친하기 전인 몇 해 전 여름, 제주도에서 같은 방을 쓸 때였다. 오래된 호텔의 테라스에 머물던 여름 공기는 기억 속에 여전하고, 잔다고 누운 침대에서 은지와 밤새 떤 수다도 생생하다. 간격도 없이 서로의 버릇과 고통과 사랑과 체력과 체질과 안부를 묻고 답하느라 밤이 모자랐다. '잘 자'하고 인사하고 3초가 지나기도 전에 서로의 이름을 다시 부르길 여러 번. 그 숱한 이야기 중에서 아직도 기억나는 건, 은지가 깜박 잠들었다 깨서 해 준 꿈 얘기다. 연극 무대에 오른 엄마의 이야기였는데, 매우 구체적이고 아름다워서 시로 쓰면 좋겠다고 생각했다. 은지가 그 시를 썼는지 안 썼는지는 모른다. 분명 좋을 거다.

우리가 함께 나눈 것 중에서 무엇이 시가 되는

지 알 수가 없다. 설령 똑같은 장소로 똑같은 단어로 시를 쓰자고 해도 전혀 다른 방식으로 시가 되곤 했으니까. 나는 그 다름에 많이 기대고 있다.

"지금, 이 순간의 기쁨을 오롯이 느끼고 싶어." 좋은 소식을 들으면 은지가 종종 하는 말이다. 난 물 들어올 때 노 저을 생각만 하고 있는데… 은지의 입술 밖으로 걸어 나온 한 문장이 나를 멈칫하게 한다. 자꾸만 다음을 생각하는 내게 지금, 이 순간을 깨닫게 한다. 물론 나도 현재에 몰입하는 사람이지만, 몰입이 끝난 뒤에는 자신의 감정을 들여다볼 새도 없이 허전한 정신을 밀어 넣을 또 다른 대상을 찾을 때가 많았다. 그런 나에게 선택을 서두를 필요는 없다고, 조금은 느긋하게 남아 있는 감정의 현재를 살아 보라고 하는 말이 듣기 좋았다. 어느 순간엔 그 말을 따라 하게 되겠지?

은지의 시는 작고 사소한 이야기들이 가득한데 무한히 크다. 은지가 붙들었던 작고 소중한 현재들이 한 문장 한 문장 친밀하게 내게 다가선다. 그러면 거기 마이클 케나의 사진 속에서 보았던 수평선과 지평선이 있다. 아직 내 앞에 펼쳐지지 않은 길을 걷게 될 수도 있다는 감각이 크고 광활하게 달라붙는다.

친구의 시를 읽는 내내 시 쓰고 싶은 마음 위에 누름돌을 올려 두었다. 그리고 그 반동의 힘으로 시를 쓴다. 설거지하다 말고 시를, 전화하다 말고 시를, 아이의 옷을 챙겨 주다 말고 시를, 출판사에 보낼 계약서에 서명하다 말고 시를, 촘촘한 생활 사이에 간격이 생긴다.

마이클 케나는 작은 사이즈에서 오는 친밀함이 좋다고 했다.

"큰 사진은 뒤로 가서 봐야 하지만 작은 사진은 작기 때문에 관객이 가까이에 와서 봐야 하는 게 좋아요. 사진이 관객을 초대하는 느낌이 들었으면 좋겠어요. 저 수평선과 지평선 뒤에 뭐가 있을까 궁금해지고 저 숲길을 따라 걸어 보고 싶은 생각 이 들도록요."

아마 지금, 이 순간이 많이 그리울 것이다. 잘 안 풀리는 글을 붙들고 썼다 지웠다 하면서 괴로 워하는 마음이 얼마나 그리워질 마음인지, 그 그 리움은 또 얼마나 순정한 아름다움이 되는지 이제 는 안다. 그리고 오래 궁금해할 것이다. 이 엄청난 감정을 인간에게 내린 존재, 나는 그것을 시라고 부른다.

우정시집

친구라는 우리말은 되게 특별하다. 친할 친親, 옛 구舊라는 한자로 되어 있다.

"왜 '옛 구'자를 사용하지?"

옛날부터 알아야만 친구로 인정해 주는 것인가? 한자 수업 시간에 나는 의문에 빠졌다. 우리 반 친구들은 대부분 안 지 별로 안 됐는데? 나는 새로 사귀는 친구들도 좋은데?

다른 나라의 친구라는 단어도 찾아봤다. 중국어로 친구는 펑요우. 朋友. 벗 붕자에 벗 우를 사용하고 있었다. 일본어는 도모다찌. 友達. 벗 우자에 통달할 달을 쓴다. 통달을 해야 하다니? 오래 아는 것보다 더 까다로운 조건일 수도 있겠다. 프랑스어에는 친절하다는 뜻이 있다고 하니까 친절한 사람을 친구로 여길 수도 있겠고, 영어론 friend니까 Friday, 금요일에 만나는 사람을 친구로 생각하는지 궁금하다.

어떤 사람을 오래 보는 일을 생각한다.

처음엔 더 많이 조심하는 것 같다. 이소연을 안 지 얼마 되지 않았을 때 기왕이면 나의 좋은 점을 많이 보여 주려고 노력했다. 최근에 읽은 책 이야기도 하고, 시 쓸 때 고민을 나누면서 은연중 성실한 나의 태도가 드러나기를 바랐다.

그러던 어느 날 이소연은 제주도의 한 문학 행사에 같이 가자며 나를 초청했다. 숙소를 같이 쓰게 되어 내가 물었다.

"난 추위를 많이 타서 그런데, 혹시 내가 내복을 입고 자도 괜찮겠어?"

8월이었다. 좀 더 이미지 관리를 할 수도 있었지만 상대방이 실망하지 않는 선에서 나는 편하게 지내고 싶었다.

이 더위에 내복을 입은 모습을 보는 것이 힘들었을 텐데, 이소연은 계속 즐거워 보였다. 나를 좋게 보는 것에는 변화가 없는 것 같았다. 약간 마음이 놓였다.

이후로 수많은 내복이 이어졌다.

술을 잘 못 마시는데, 이런 나라도 괜찮겠어?

체력이 약해서 집에 일찍 들어가야 되는데 괜찮겠어?

멀미가 심해서 기동력이 떨어지는데,

이명이 있어서 시끄러운 곳을 못 가는데,
소식좌라 입이 짧은데,

이소연은 나와 있는 게 계속 즐거워 보였다. 나를 만날 때는 술 대신 커피를 마시고 집에 일찍 들어갔다. 동네에서 놀고 소음이 심하면 나부터 걱정하고 음식도 먹을 수 있는 만큼씩 주문했다.

한번은 넘어져서 발에 뼈가 부러진 적이 있었다. 걸을 수가 없어서 뼈가 붙을 때까지 나가지 못하고 누워 지냈다. 이소연은 나를 들고(?) 다니면서 나와 놀았다. 집 앞까지 데리러 오고 차에 태워 주고 가방을 들어 주고 집에 바래다줬다.

블록을 하나씩 꺼내는 젠가의 방식. 나는 오래도록 사람들에게 부족함을 들키지 않아야 한다고 생각해 왔다. 그런데 이소연은 관계의 통념이나 논리 같은 것을 처음부터 들이밀 수 없도록, 오늘 하루 재미있게 노는 방식으로 우정을 쌓아 간다. 내가 감추려고 했던 나의 부족함은 매번 수용되었으며, 이소연에게 새롭게 감동을 느끼는 재료가 될 뿐이었다.

어제도 우리는 신나게 놀았다. 둘 다 진통제를 먹은 상태로 추위를 뚫고 카페에 들어갔다. 겨우 남은 자리를 찾아 앉았다.

"아이고, 벌 받는 것도 아니고, 벽 보고 있으니 반성해야 할 것 같네."

이소연의 농담에 웃음이 터졌다. 그러곤 시를 퇴고하고 원고를 묶느라 시간 가는 줄 몰랐다. 아팠던 것을 잊을 만큼 컨디션이 좋아졌다. 서로의 시를 좋아하기 때문에 시 이야기를 나누는 것이 더없이 즐겁다.

이소연의 시는 진실되다. 세계의 다양한 구성물에서 부지런히 길어 올린 문장은 감각적이고 아름답다. 좋은 시를 쓰기 위해 실제 삶도 착하게 살고자 애를 쓴다. 착하게 살아서 시가 좋은 걸 수도 있다. 그런 그의 시를 읽는 일은 선물 박스를 여는 일처럼 즐겁다.

식사를 하고 이제 집으로 나서는데,

"스타벅스 쿠폰이 있어."

이소연이 중얼거렸고, 우리는 다시 따뜻한 스벅으로 들어갔다. 나는 산문 마감을 하고, 이소연은 문예지 마감을 했다.

'아, 너무 놀기만 했네. 내일은 열심히 일해야지. 잠깐만. 놀지 않았네.'

자려고 누워 반성을 하는데, 놀기는커녕 쉬지 않고 일을 했다. 일하는 것마저 노는 것처럼 착각하게 되는 이소연이니까 '함께 오래 시간 보내기'는 걱정하지 않아도 될 것 같다.

은지와
소연

김은지

2016년『실천문학』신인상을 통해 데뷔했다.
시집으로『책방에서 빗소리를 들었다』『고구마와
고마워는 두 글자나 같네』『여름 외투』가
있다. 팟캐스트〈도심시〉고정패널. 2022년
대산창작기금 수혜.

이소연

2014년 한국경제신문 신춘문예로 데뷔했다. 시집으로 『나는 천천히 죽어갈 소녀가 필요하다』 『거의 모든 기쁨』이 있다. 팟캐스트 〈도심시〉 진행. 2023년 양성평등문화상 신진여성문화인상 수상.

우정 시집
은지와 소연

글쓴이   김은지, 이소연
발행인   이상영
편집장   서상민
디자인   서상민
마케팅   박진솔
교정·교열   신희정
인쇄   피앤엠123
펴낸곳   디자인이음
           2009년 2월 4일 제300-2009-10호
           서울시 종로구 효자동 62
           02-723-2556
           designeum@naver.com
           instagram.com/design_eum

발행일   2023년 12월 20일 1판 1쇄 발행
값   11,000원